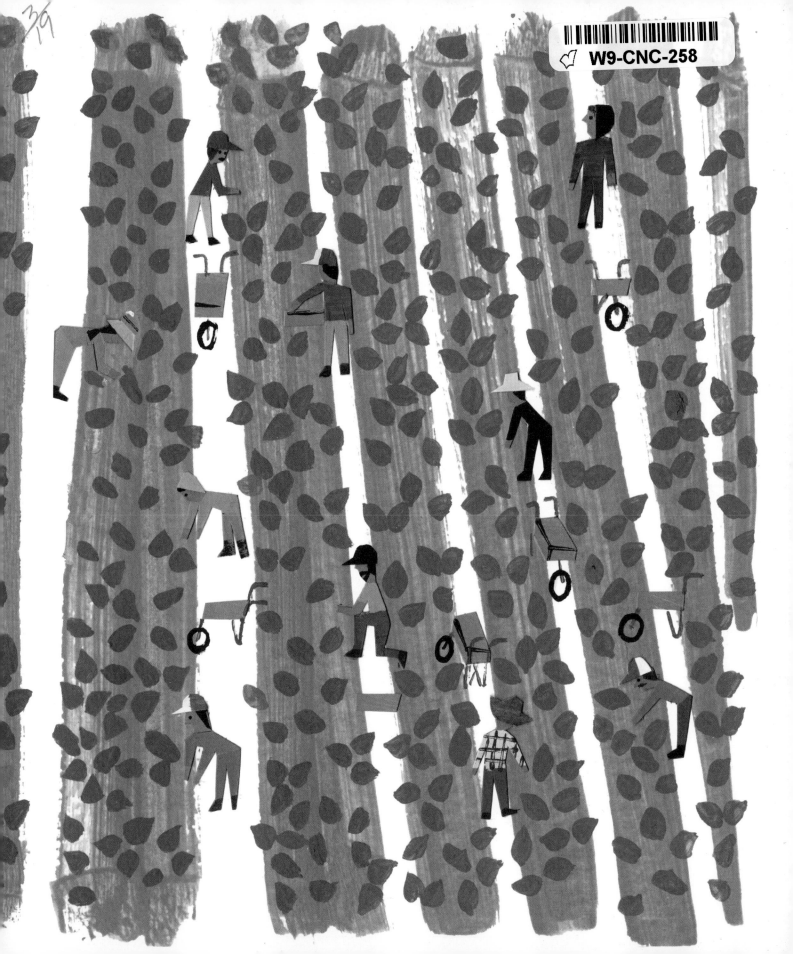

Para mis abuelos, Jesús y Natividad de la Peña,
y para todos los que emigraron a América en
busca de un sueño —M. de la P.

Para Claudette —C. R.

G. P. PUTNAM'S SONS
an imprint of Penguin Random House LLC
375 Hudson Street, New York, NY 10014

Text copyright © 2018 by Matt de la Peña. Illustrations copyright © 2018 by Christian Robinson.
Translation copyright © 2018 by Penguin Random House LLC. First Spanish language edition, 2018.
Penguin supports copyright. Copyright fuels creativity, encourages diverse voices, promotes free speech, and creates a vibrant culture.
Thank you for buying an authorized edition of this book and for complying with copyright laws by not reproducing, scanning, or distributing any
part of it in any form without permission. You are supporting writers and allowing Penguin to continue to publish books for every reader.
G. P. Putnam's Sons is a registered trademark of Penguin Random House LLC.
Library of Congress Cataloging-in-Publication Data
Names: de la Peña, Matt, author. | Robinson, Christian, illustrator. | Mlawer, Teresa, translator.
Title: Los deseos de Carmela / autor ganador de la Medalla Newbery Matt de la Peña ; ilustrador ganador de Mención de Honor Caldecott Christian Robinson ;
traducción de Teresa Mlawer. Other titles: Carmela full of wishes. SpanishDescription: First Spanish language edition. | New York, NY : G. P. Putnam's Sons, 2018.
Summary: Carmela, finally old enough to run errands with her brother, tries to think of the perfect wish, while his wish seems to be that she stayed home.
Identifiers: LCCN 2018011749 | ISBN 9780525518709 (hardback) | ISBN 9780525518723 (ebook) | ISBN 9780525518716 (ebook)
Subjects: | CYAC: Wishes—Fiction. | Brothers and sisters—Fiction. | Hispanic Americans—Fiction. | Spanish language materials. | BISAC: JUVENILE FICTION /
Family / Siblings. | JUVENILE FICTION / Imagination & Play. | JUVENILE FICTION / Social Issues / Emotions & Feelings.
Classification: LCC PZ73 .D394 2018 | DDC [E]—dc23
LC record available at https://lccn.loc.gov/2018011749
Manufactured in China by RR Donnelley Asia Printing Solutions Ltd.
ISBN 9780525518709
1 2 3 4 5 6 7 8 9 10
Design by Eileen Savage. Text set in Paradigm.
The art for this book was created with acrylic paint,
collage, and a bit of digital manipulation.

LOS DESEOS DE
CARMELA

Autor ganador de la Medalla Newbery — Ilustrador ganador de Mención de Honor Caldecott
MATT DE LA PEÑA — **CHRISTIAN ROBINSON**

Traducción de **TERESA MLAWER**

G. P. PUTNAM'S SONS

Carmela monta en su monopatín por un camino de tierra,
y observa a unos hombres inclinados que trabajan con las manos;
los brazaletes, regalo de su cumpleaños, tintinean alegres.
El aire denso del invernadero huele a caléndulas
y a tierra removida
y a estiércol fresco.

Carmela sabe perfectamente lo que es el estiércol,
pero no quiere pensar en ello.
No hoy.

Hoy se ha despertado con velitas
en los panqueques y su mamá cantándole
¡Cumpleaños feliz!

—¡Anda, mija, pide un deseo! —le dijo
su mamá.

Pero su deseo ya se había cumplido.
Por fin era lo suficientemente mayor
para ir con su hermano.

Carmela lo sigue mientras él acorta camino y toma la Avenida Libertad,
pasando por la concurrida parada del autobús; por el taller de reparaciones cercado;
por la residencia de ancianos donde dos señoras, encorvadas, sonríen;
por el gran almacén de mejoras para el hogar delante del cual su papá solía pararse
todos los fines de semana por la mañana para conseguir algún trabajo.

Carmela trata de entablar conversación con su hermano a pesar
del ruido del carrito de metal, pero su hermano no le responde.
Está molesto porque no quiere que ella lo acompañe.
«¡Mala suerte!», le dice ella con la mirada.

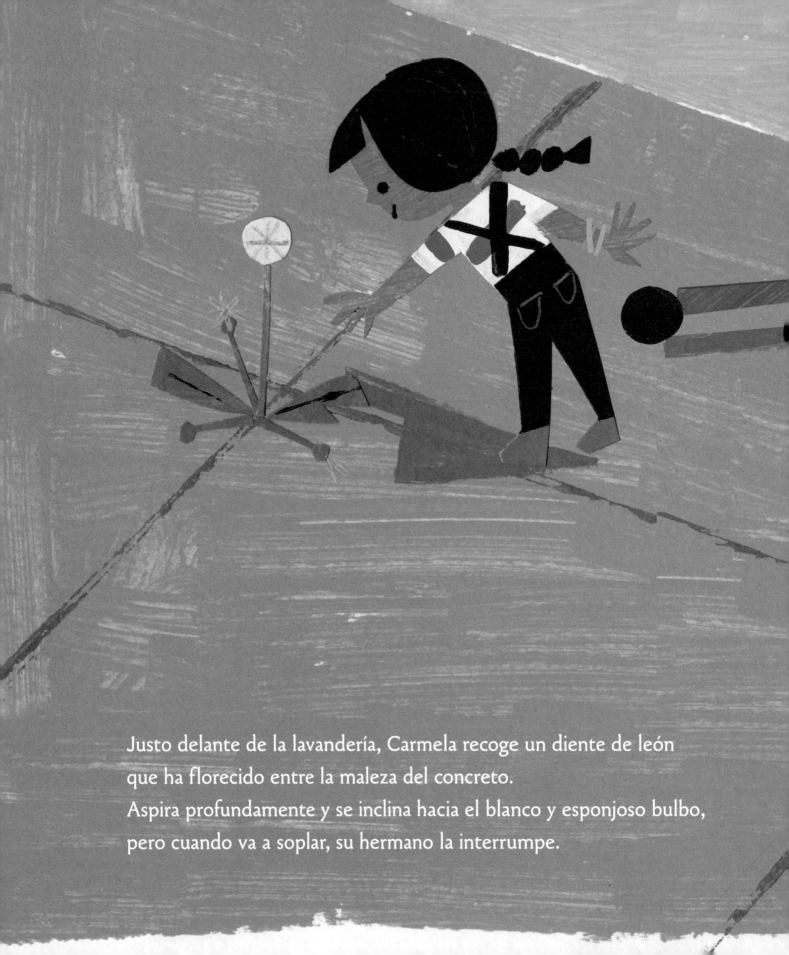

Justo delante de la lavandería, Carmela recoge un diente de león
que ha florecido entre la maleza del concreto.
Aspira profundamente y se inclina hacia el blanco y esponjoso bulbo,
pero cuando va a soplar, su hermano la interrumpe.

—¿Has pedido un deseo?
Tienes que hacerlo antes. Todo el mundo lo sabe.
—Desde luego que pedí un deseo —le dice ella.
Pero no es verdad. No lo sabía.

Carmela ayuda a su hermano a separar los colores con una mano, lo ayuda a poner cada prenda en la lavadora de una en una. Cuando la ropa comienza a dar tumbos, su imaginación empieza a dar vueltas, cada pensamiento acompañado por el tintineo de sus brazaletes.

Su hermano, molesto por el ruido,
le lanza una mirada furiosa.
«¡Mala suerte!», le dice ella con
la mirada.

Hace sonar sus brazaletes
al pasar por delante del puesto de verduras de la señora María,

y se imagina una máquina, empotrada en la pared de su cuarto,
que dispensa todo lo que ella quiere.
Sobre todo caramelos.

Hace sonar sus brazaletes
en la cola de la cerrajería,

y se imagina a su mamá dormida en una de esas lujosas camas de hotel
que tiende día tras día para los elegantes huéspedes.

Hace sonar sus brazaletes
al pasar por la bodega al final de la calle
de su antiguo edificio de apartamentos,

y se imagina a su papá arreglando los papeles
para por fin poder regresar a casa.

Hace sonar sus brazaletes
delante de la farmacia,
donde ve unas relucientes bicicletas en el escaparate.
Su hermano se detiene de repente y se vuelve a mirarla.

—¿Por qué eres tan pesada?

Hace tintinear los brazaletes para molestarlo, y le dice:

—Este es un país libre.

La única vez que no hace sonar sus brazaletes
es cuando su hermano entra a la casa de su amigo.
Carmela se sienta en el borde de la acera y, en silencio, se imagina
todas las cosas en las que podría convertir a su hermano.
En una cola pegajosa de rata.
En una cucaracha que corre huyendo de la luz.
En una carretilla llena de estiércol abandonada bajo el sol.

Entonces fija la vista en el diente de león que tiene en la mano.
Ahora que sabe que puede confiarle sus deseos,
le parece mucho más importante.
¿Y qué pasa si pide el deseo equivocado?

De regreso a casa, Carmela trata
de saltar el borde de la acera,

pero la rueda se traba,
el manubrio se tuerce
y aterriza de golpe sobre el concreto.

¡No llores, no llores, no llores!
Pero entonces ve el diente de león
que ha quedado aplastado junto al desagüe.

Levanta la vista hacia su hermano mayor;
cálidas lágrimas ruedan por sus mejillas.
Él alza el monopatín y le pregunta:
—¿Estás bien?
Niega con la cabeza y señala el diente de león:
—¡Mi deseo!

La toma del brazo y la conduce de vuelta por el camino antes recorrido,
pasando por la lavandería y el mercado de pulgas,
por el invernadero y el olor a estiércol,
por el descuidado parque, y cruzan las vías del tren.

No se detiene hasta llegar a una casa abandonada
al borde de un acantilado que da al mar.
—Cierra los ojos —le dice él.

Carmela se tapa los ojos con las manos.

—Ahora pide un deseo —le dice él.

Carmela oye el murmullo del mar en la distancia.

Oye el graznido de las aves.

Oye el ruido del viento silbarle en los oídos.

Entonces, abre los ojos.
Ve cientos de diminutas esporas blancas alzarse en el aire
y flotar lejos, hasta donde se pierden las olas.

El cielo se cubre de deseos.

—Vámonos —le dice su hermano.

—¿No quieres saber mi deseo? —le pregunta ella.

Él niega con la cabeza:

—Si lo dices, no se cumplirá.

Ella se detiene una vez más para mirar hacia atrás,
se quita los brazaletes y sigue a su hermano de regreso a casa.